Anne Loyer • Rémi Saillard

TOPAZE
l'île merveilleuse
Brume d'enfer

Testé en classe par des enseignants

Pages pédagogiques écrites par Francine Euli, *professeure des écoles*

Éditions Lito

L'apprentissage de la lecture en CP

SPÉCIAL PARENTS

- Votre enfant **découvre progressivement la lecture**. Il va reconnaître des **lettres**, des **syllabes**, des **mots**. Il commencera à identifier des **sons** et à les combiner, c'est-à-dire à les mettre ensemble pour former des mots. Petit à petit, ces mots construiront des phrases, puis des textes de plus en plus longs. Votre enfant pourra alors dévorer plein de belles histoires...

- Les 3 différents niveaux de lecture s'articulent autour des **besoins des apprentis lecteurs** :

NIVEAU 1	NIVEAU 2	NIVEAU 3
début CP	milieu CP	fin CP
Je découvre la lecture	**Je commence à lire**	**Je lis tout seul**

- Tous les titres proposent :

  - une **préparation** en début d'ouvrage, pour aider votre enfant à aborder le récit ;

  - des **questions et des jeux** à la fin du livre, pour qu'il valide sa compréhension de l'histoire ;

  - un **petit dico** qui fournit des explications sur les nouveaux mots qu'il apprendra dans le texte.

NIVEAU 3
fin CP

- L'enfant **est un lecteur quasi autonome**. Il sait lire de nombreux sons, simples et plus complexes. Il décode plus facilement les mots longs, les mots inconnus. Il les prononce bien, même s'il n'en connaît pas le sens. Sa lecture à voix haute est de plus en plus fluide. Il peut la rendre dynamique avec les intonations qui correspondent aux actions du texte.

- Ce niveau **stimule l'autonomie** de votre enfant :

  - les apprentis lecteurs devront repérer eux-mêmes les lettres muettes ; les liaisons ne sont plus indiquées ;
  - le corps du texte est de taille moyenne ;
  - les histoires sont un peu plus longues, avec davantage de suspense. Elles ont une construction narrative plus riche : il y a plus d'aventures, plus de personnages que dans les niveaux précédents.

Prépare-toi à lire !

→ Regarde bien les personnages et leur prénom.

Tipo

Evie

Artus

Mina

Cali

Rusela

→ Observe les dessins et relie-les aux mots.

la brume

le soleil

la pluie

des cendres

→ Lis les syllabes.

bru bra bre bro

plu plui plan pla

→ Lis les mots.

chaud terrible une formule

un cercle un capteur

→ Apprends à lire les mots outils.

partout vers même jusqu'à ensemble

→ Lis les phrases.

Ils entendent un bruit terrible.

Topaze est en feu.

Donnez-vous la main !

Cali a retrouvé ses couleurs.

Chapitre 1
Du gris partout

Ce matin, Evie se réveille la première.
Hop, hop, hop, la voilà debout.
Elle ouvre grand la fenêtre et se met aussitôt à tousser.
— Koff, koff, koff !
Un nuage gris a entièrement recouvert l'île !
Il vient chatouiller les narines d'Artus.
— Aaaaaatchoum !

Bientôt, la team entière est réveillée.

Mina se bouche le nez :

– On dirait que ça sent le brûlé !

Artus essuie ses lunettes :

– Mais c'est sale, ce machin ! D'où ça vient ?

À cet instant, Cali entre par la fenêtre en toussant.

– S'il est là, c'est qu'il veut sûrement nous avertir d'un danger... comprend Mina.

Une fois dehors, les enfants ne voient plus rien.

– Il n'y a pas de soleil, et pourtant qu'est-ce qu'il fait chaud ! s'exclame Tipo.

– Beaucoup trop chaud... ajoute Evie.

Soudain, ils entendent un bruit terrible.
– Qu'est-ce que… ? demande Tipo
en tremblant.
Il n'a pas le temps de finir sa phrase,
il se retrouve les fesses par terre.
Un renard vient de lui passer entre les jambes.

Bientôt suivi par un loup. Lui-même suivi par un ours…

– On dirait qu'ils fuient un terrible danger, dit Mina.

Artus remet ses lunettes-qui-voient-tout sur son nez et lance :

– J'ai compris !

Chapitre 2
Topaze en feu

— Topaze est en feu ! hurle Artus.

— Vite ! On doit se mettre à l'abri, lance Mina.

Artus s'égosille :

— Il faut aller dans la même direction que les animaux et rejoindre la mer.

Quand ils arrivent sur la plage, difficile d'aller jusqu'à l'eau : le sable est recouvert d'animaux à poils et à plumes.

— Comment faire ? panique Tipo.

Mina tend un doigt vers le ciel.

— Qu'est-ce que tu fabriques ?
lui demande Evie.

— Je vérifie le sens du vent... répond Mina.

– Ce feu est très violent, mais avec une bonne pluie et l'aide du vent, il peut s'arrêter ! ajoute-t-elle.

– Une pluie ? Mais quelle pluie ? interroge Evie, les yeux ronds.

– Celle que nous allons faire tomber, lui répond Mina. Donnez-vous la main !

Sans attendre, la team forme un cercle. Ensemble, ils lèvent leurs mains jointes vers le ciel. Mina ferme les yeux et lance sa formule :

– Topaze, tu es en danger ! Que la pluie tombe et t'arrose ! Que la pluie tombe et te sauve !

Les trois amis reprennent en chœur.

Même Cali se met à chanter.

Leur appel grimpe vers le ciel, qui se perce dans un grand craquement.

Soudain, des gouttes de plus en plus grosses
s'écrasent sur leurs cheveux, sur le sol...
Ils sont bientôt trempés de la tête aux pieds.

La pluie, poussée par le vent, se dirige vers la forêt en feu...

— Tu crois que ça va marcher, Mina ? questionne Evie.

— Croisons les doigts ! dit-elle.

Chapitre 3
La pluie de la victoire

Sur la plage, les enfants courent s'abriter sous un rocher.
Ils assistent à la bataille entre les flammes et l'eau du ciel.
Mais bientôt, la team peut crier victoire : la pluie a réussi à éteindre le feu !

— **HOURRA !!!**

Le ciel est de nouveau bleu, le soleil brille et l'île a retrouvé son air pur. Les animaux, heureux, courent vers la forêt.

— Un vrai coup de balai ! s'exclame Evie, ravie.

— Un super débarbouillage, ajoute Tipo.

— Une bonne douche et ça repart ! dit Artus.

— Regardez ! remarque Mina, même Cali a retrouvé ses couleurs.

Mais à peine Mina a-t-elle fini de parler qu'une étrange silhouette violette arrive sur la mer.

– C'est Rusela... murmure Evie.

La sorcière grommelle entre ses dents.

Vite, la team se cache derrière un rocher. Mina change son outil fétiche en capteur de murmures, et elle traduit pour ses amis.

– Rusela voulait détruire Topaze ! dit Mina. Elle est jalouse de notre île !
– Normal ! s'écrie Tipo. La sienne est trop moche.
– C'est sa faute ! ajoute Evie. Elle ne prend soin de rien, ni des plantes ni des animaux.

— Un peu plus et elle nous transformait
en cendres ! s'énerve Mina.
— Calmez-vous, conseille Artus,
elle a encore échoué.
— Artus a raison, confirme Tipo.
Mais jusqu'à quand…

Le soleil vient réchauffer le cœur des enfants. Tipo sort son harmonica et, tous ensemble, ils se mettent à chanter, accompagnés par Cali :

Rusela, tu ne vaincras pas !

Rusela, tu ne nous arrêteras pas !

La team, elle, gagnera !

FIN

As-tu bien compris cette histoire ?

CHAPITRE 1

→ **Comment est le ciel au-dessus de Topaze ?**

→ **D'où vient le bruit terrible ?**

Ce sont les animaux qui courent.

C'est une explosion.

C'est le nuage gris.

→ **Quel objet permet à Artus de savoir ce qui se passe ?**

CHAPITRE 2

→ **D'où vient le gros nuage gris ?**

→ **Où vont les animaux pour se protéger ?**

→ **Qui a eu l'idée d'appeler la pluie ?**

Evie Artus Mina Tipo

→ **Dis la formule magique de la team.**

CHAPITRE 3

→ Que fait la pluie ?

Elle débarbouille Rusela.

Elle éteint le feu.

Elle chasse Cali, qui n'aime pas l'eau.

→ Retrouve les mots de l'histoire dont les lettres sont mélangées.

s e e u l n t t   c a r p e t u   h o r m a c a i n

Réponses : lunettes, capteur, harmonica.

→ Remets les actions de la team dans l'ordre.

- La team court vers la plage et voit tous les animaux.

- Les amis forment un cercle et appellent la pluie.

- Les enfants se réveillent, l'île est sous des nuages gris.

- Ils découvrent que c'est Rusela qui a allumé le feu.

Petit dico

Pour t'aider à bien comprendre cette histoire, voici le sens de quelques mots.

s'égosiller (p. 13) : crier de toutes ses forces.

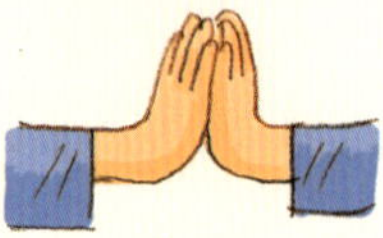

les mains jointes (p. 16) : mains ensemble, collées face à face.

assister à la bataille (p. 21) : être présent et voir ce qui se passe.

une silhouette (p. 24) : forme d'une personne, comme une ombre.

grommeler (p. 24) : râler sans articuler.

fétiche (p. 25) : préféré.